U0750694

骑着月亮飞行

洛夫

王晓波　著

暨南大学出版社
JINAN UNIVERSITY PRESS

中国·广州

图书在版编目（CIP）数据

骑着月亮飞行/王晓波著 . —广州：暨南大学出版社，2018.2
ISBN 978 - 7 - 5668 - 2313 - 7

Ⅰ . ①骑… Ⅱ . ①王… Ⅲ . ①诗集—中国—当代 Ⅳ . ①I227

中国版本图书馆 CIP 数据核字（2018）第 015883 号

骑着月亮飞行
QIZHE YUELIANG FEIXING
著　者：王晓波

···

出 版 人：徐义雄
策划编辑：杜小陆　潘江曼
责任编辑：王雅琪
责任校对：邓丽藤
责任印制：汤慧君　周一丹

出版发行：暨南大学出版社（510630）
电　　话：总编室（8620）85221601
　　　　　营销部（8620）85225284　85228291　85228292（邮购）
传　　真：（8620）85221583（办公室）　85223774（营销部）
网　　址：http：//www.jnupress.com
排　　版：广州良弓广告有限公司
印　　刷：佛山市浩文彩色印刷有限公司
开　　本：850mm×1168mm　1/32
印　　张：5.625
字　　数：122 千
版　　次：2018 年 2 月第 1 版
印　　次：2018 年 2 月第 1 次
定　　价：36.00 元

（暨大版图书如有印装质量问题，请与出版社总编室联系调换）

推荐语

　　王晓波的爱情诗歌，充满了真挚、诚恳的热爱生命的内心歌唱。他的诗歌语言朴素、准确，对感情的传达充满了动感。许多诗歌的内涵深沉丰富，耐人寻味，具有清新、美丽、迷人的意境。字里行间透出了对生活、对人生的思考，以及对美好未来的渴望，意境唯美。读他的爱情诗歌，如与青春为伴，身处思索、力量和美感的彼岸。

　　——叶延滨（著名诗人、散文家、批评家、编辑家，中国作家协会诗歌委员会主任、原《诗刊》杂志主编）

　　王晓波写了一系列的爱情诗：《相信爱情》《我叫你梅或者荷》《沉香》《谁能及这青梅竹马》《听雪》《传说》等。这些爱情诗与其说表现了他对一位心仪的女子的钟情，不如说表现了他对一种理想爱情的向往。王晓波心中鼓荡的爱不只是给亲人，也投向周围的世界，投向大自然。爱是王晓波创造诗美的驱动力量。

　　——吴思敬（著名诗歌理论家、首都师范大学文学院博导、《诗探索》主编、中国当代文学研究会副会长、中国诗歌学会副会长）

　　人到中年，沧桑之酒免不了品了再品。有些动情的场面似乎已经离我们远去。爱情，逐渐成为中年人自觉回避的话题。虽然在奔波劳作之余，沉沉的心灵偶尔还会闪过靓丽的爱情，只是觉得它仿佛成了一个梦：我们是活在爱情的梦里，还是已经把梦遗忘在爱情里？王晓波还保留着一份少年春心，以清丽的文字、温情的描写，把有着柔软触角的爱情保留在诗篇中。那些雪中的期待，那些风中的呼喊，那些跟陶瓷一同烧铸的情话，那些穿越海天的幸福感，久旱的中年人读后，像于荒蛮的沙漠中意外获得一汪清泉，于空空的园子中发现一丛茂盛的玫瑰，日渐感觉衰老的身心，缓缓复苏，青春还来。

——陈卫（著名诗评家，文学博士，福建师范大学教授）

王晓波以爱情诗为主要创作题材，在当下诗歌写作格局中独树一帜。他的爱情诗更像是心愿之作，真诚、朴素，饱含对世界和他者的理解与同情，他以同理之心感受万事万物，如此万事有情、万物有爱。王晓波由此建构了自己的诗歌世界，并和那些伟大的传统联系在一起。

——杨庆祥（著名批评家、诗人，中国作家协会诗歌委员会委员，茅盾文学奖评委）

一颗芳心永驻，一缕相思萦绕，一卷诗行铭刻。这正是诗人王晓波而今的精神状态和文学状态，《骑着月亮飞行》就是基于如此状态蜕变而成的艺术成品。在王晓波的爱情诗里，我们能频频触摸爱意的温暖，频频听闻情语的缱绻，但诸多爱意情语并非陈腐过时的古典话语的简单翻版，而是氤氲着现代色调和当代气息的意绪的生命折光。可以说，在当下异常繁多的爱情书写中，王晓波的爱情诗显示出与众不同的独特诗学品质，占据着不可替代的审美位置。

——张德明（诗人，评论家，岭南师范学院文学院教授，南方诗歌研究中心主任）

《骑着月亮飞行》是王晓波的近作，一部爱情诗集。诗人能够在众多歌咏爱情的诗篇中，确定个性化的写法，用轻倩而意境深远的诗歌架构来表达爱情经验，并以之很好地消除中西爱情诗丰沛的资源带来的"影响的焦虑"，老树新枝，用熟悉的题材写出陌生化的美学样式。能够在日常絮语中蕴含细腻而致密的情愫，于世俗烟火中让情感升华，在大自然寻常物象中彰显优卓的想象，并形成了专属的意象群落。

——陈爱中（荷兰莱顿大学亚洲文学研究所访问学者，文学博士，哈尔滨师范大学文学院教授、博士生导师）

目　录

卷二：穿过银河去看你

卷三：点亮一盏明灯

附　录

后　记

卷一：狮子座流星雨

你喊一句　桃花便开始

飘零　水流湍急

轻舟已远

相见恨太晚

谁能及这青梅竹马

把月亮掰开　你就跳了出来
拉起手　我们就构成整个天宇
有阔的海　横的陆　高的天空
还有遍山满岭的梅花

你的发梢有七彩的虹
你的面容如百花中含苞的荷
你走过的小道青梅正飘香
此刻　竹竿为马　钻木取火
渔猎　扬穗　生生不息

一月

日历掀开了新的一页
我听到高铁在呼啸
看到归程　已写在面颊

一月是崭新的美丽
嫣红的紫荆是你在笑
一月是抵达的开始
只要一想到你
我就看到了一月的明媚阳光
看到了一月
梅花桃花菊花接连缤纷
洒脱在阳光下

一月如你的笑声
如银铃般撞响了
我

沉香

你喊一句　桃花便开始

飘零　水流湍急

轻舟已远

相见恨太晚

茶香已冷　雨线缥缈

此刻　再喊一句

夕阳已西下

何时重逢赋诗暖香

相聚或许是在天涯

你如沉香袅袅在心海

我叫你梅或者荷

无须太多　期盼相逢
纵使千里独行跨万水越千山
纵然旅途　千里冰封万里雪飘　盼只盼
遇见一名叫梅或者荷的女子

无须太多　企盼相逢
不惧畏独行千里险阻满途
不畏惧万里无路　觅前路
心中有光　定能看见光亮　盼只盼
遇见一名叫梅或者荷的女子

她有梅的不畏苦寒　有荷般高洁清芳

江南

江南　多荷多莲

荷叶田田倚天碧

总是错把每朵红莲

看成伊　羞红的笑脸

又把随风的那朵白莲

看成伊　盈盈的背影

多蜻蜓　多蝴蝶

又多燕子的江南

再仔细也分不清哪只是伊

好想　问一问

那飘逸的风筝

伊却缠着那根绳线不放手

看游鱼并肩

那里的四周湛蓝

那里的天空高远

那里的海鸟比翼

并肩看游鱼并肩

撑伞看游人举伞

细雨微风中说细语

我家在这里

恬淡安适是小家

喜欢小岛是新鲜感

眷恋小岛是归属感

"喜欢是新鲜感

相爱是归属感"

不知道这话

是你说的　或许是我

梦里的一句呢喃

蔚蓝

听任海风身边自由吹拂

"嘘"　谁随便的一声

惊醒海鸟和沉思的你

某人修长身躯　堵塞了

这窄而不阔的空间

旁人篱落　想通过

全没有穿插的余地

"唏"　谁的耳语

瞬间将海平面敲打得

那么辽阔和蔚蓝

我们是海鸟浪花

今天，只关心爱情

只想你我瞭望远方

在海畔，看海鸟

在丛林筑巢　在天边比翼

看浪花涛涛亲吻海岸

相拥亲昵嫣红笑容可掬如海鸟

依偎翩然穿梭深海珊瑚如游鱼

海天浑然一色

天地间只有你我

我们是海鸟浪花，是欢乐悠然

只想和你看海的辽阔

野狸岛

今夜披星来访　微风中

小岛去一身浊尘相迎

海天浩瀚　岁月激荡

野狸岛以五层画舫为餐桌

茗茶剪烛的顷刻

苍茫风雨骤降

谁能猜破这天地无常

撑一把绸伞迎风而行

远近渔火点点　白浪

涛涛拍岸　心心相近

想说的太多　却是

忘言于潇潇春雨

伸手接一掌春风

嘘！驻足矍然倾听

两双雨鞋在小岛上空回响

海天是如此的亲近

小岛是你的　我的

立春

苍茫大地的深处

几个世纪的酣睡　梦里

四处找寻遗失的心

寒冷渐行　渐远

当季节交出最后一个节令

绿色盎然已近

最美的心一定在等

此刻立春

张开双眼　莺飞草长

六月天

我把一月的天空打扫干净

期待二月

飘落足够的寒冷雨雪

你我的梅　不羡春暖　傲雪而立

待到三月莺歌燕舞

这个季节万象更新　心存感恩

望着雨落大地　雨洒庭院

你虽沉默　笑而不言

转眼却已是人间四月天

清晨黄昏吹着风的软

飞花散似烟

你我牵手走进晴朗五月天

一说到六月

便想到海天广阔　万里相牵

拨开浮云　随缘即安

接近幸福

并肩穿过夏季长长的走廊

海天，还像以前一样蓝

秋风轻漾着静美。侧耳倾听

每一朵浪花绽放

每一次云过潮来的细语

云端传来的嘈杂

不知是哪一种海鸟

正扯着嗓子歌咏着未来

海语路，人与天海相随

生命一步步接近善美

做一个接近幸福的人

海语路，无法一挥而就

七夕

我又把天街的那盏红灯笼点亮
你可要看清去年渡而未过的天河

姐姐，我每时每刻都在为你写诗
你的名字是我最钟爱最心疼的情诗

萤火虫

在茫然的生命河流
每当夜色降临
她们总是提着
一盏小白灯笼

因为寂寞
因为爱情
紧跟落日的脚步
她们提着
一盏盏小白灯笼
寻觅在村野
闪烁在河畔
天空绽放的
闪闪冷光
那是爱的音讯

关掉月亮
关掉灯火
一条静静的河
清澈婉转的波光

缓缓流淌

一只只萤火虫

将自身光明

把生命照亮

相聚无语的萤火虫

如何　让时间

慢下来

一生的欢爱

可能烬在今宵

她们总是提着

一盏小白灯笼

在茫茫的岁月河流

不停寻觅　寻觅

翅膀

身心疲惫　孤独无助
无语无言的一刻
随清风　随一个
无限无极的思念
悄然入梦

在梦中　你不离不弃
张开了我人生的翅膀
我可以　遨游天下
心随花开

聆听

时光流淌，花卉雀鸟在聒噪
恬静的是你一脸微笑
和朗读。平平仄仄
令枯燥单调似流水
欢畅，夏日清泉
洗脸般凉快
去一脸的沧桑

某时，我会用
一屋子的宁静去聆听
你的音韵笑容
后来，我感觉到辽阔和苍茫

陶塑

何以度一切苦厄
捏一个你
塑一个我
敲碎，混合
铸造一个新陶塑
难分难舍，是你与我
撞身取暖，炼狱重生

一千三百度高温劫难
我心有你，你心是我

荡漾

蝴蝶翩然在尖尖小荷上
池塘一阵荡漾
没有风　没有水流
分明听见她的心跳

颤动了小荷　生动了水面的
盈盈是一种
爱意　荡漾

雕刻的时光

时光对岸　南岭以南　睡莲不露痕迹
鲜艳　明媚　枯萎　凋零

在光阴的河岸我捡拾到数根银丝
丢了银发的　也许是那呼啸而过的白马
也许是涉河而过的你和我
庆幸的是　我们发现了莲的心事
窥探到时光的秘密

那骑白马的人
就站在澎湃时光的岸上

涟漪

一夜不停的雨

说了些什么

晨曦阒静无声

湖边的柳枝

低首无言

风来了

唧唧啾啾

拂我满面

一对翠鸟比翼掠过

惊愕柳浪

无语闻莺

湖面泛起阵阵涟漪

听雪

又听到雪花簌簌飘落的声音了

漫山遍野天地无垠雪白　　当我推开车门

当我触摸着飘雪置身生命里的素色

我曾思量假若雪花有天袅娜在你的发梢

这爱情是否比世上最纯洁的花还要纯粹

多年后回望那洋洋洒洒纷飞旷野的大雪

多遗憾你没有和我共同沐浴雪花的快乐

某年某日你远赴　　雪国

我却安坐北回归线以南的岭南一隅

遥想多年前大兴安岭雪原的大雪

不知是安恬宁静开心　　还是遗憾

你听听　　多年前纷飞的大雪

现在还是开出了禅意的雪莲

梅花的讯息

铺天盖地的寒　彻骨的冷
还有冰封大地三尺的雪
可你却绽放了　绽放得不畏风霜
送来一段香　逸自你的苦寒

某月某天我凝望你
分明看见一朵梅
在你眉宇间绽放春天的
讯息

凌晨的雪乡

还有什么比得上这
比得上这更温暖的呢
晃动的火苗映着
梦中呢喃的小儿
八岁的小孩他是在
哼着刚学会的单词
还是憧憬着未来
猎枪已擦得油光发亮
妻为雪靴缝紧了鞋底子
"别，又摔伤……"
为何　为何这唠叨
总是常听常新

还有什么比得上这
比得上这更和谐呢
大雪在旷野飞驰呼啸
映着炉火　来旺
盘蜷在小儿炕旁
时而微睁警惕的双眼
狗不嫌家贫　来旺

勇敢的身躯早已伤痕累累

十年呀　昔日的小猎犬

早已是最得力的帮手

总是在大雪纷飞

总是在无法外出时

来旺才睡上一个好觉

还有什么比得上这

比得上这更美丽的呢

"咯吱"一声轻响

是积雪压断了枯枝

还是松鼠跳落地上

来旺警觉地轻摆一下脑壳

枕边妻时断时续的鼾声

在耳畔萦绕

屋外风停雪歇了吧

何时才春暖花开……

余生

疼痛。因为不透半点光亮
纵是咫尺，也形如天涯

你的笑如雨丝
润物无声地面向着我
张开翅膀

一盏灯，一扇门
有了开启
突然之间有了余生

闪耀的焰火

把思念捋成纤绳　拉动

星光　徒步穿越银河

太阳系有你的投影

觅寻你的星座　潜游太空

身陷黑洞　暗物质

纵然形影孤单　依然

相信　希望就在前方

一切将在

宇宙大爆炸中消逝

那又　如何

璀璨星空　有你我

燃放的光芒

你是星空蓦然闪耀的

焰火

一杯被奚落的咖啡

庸常时光，光阴的转角处

离热闹远一些

你端给的一杯咖啡

一种愉悦，叫静美

岁月静美，在于它必然的流逝

喜欢品尝，品味

此杯名字不好听的咖啡

多令人生厌的名字，猫屎

猫屎咖啡，不取悦动听

被奚落的名字

并不一定是糟糕

蹉跎里，端给的一种静谧

淡淡秋光正洒在你脸颊

天空里拥挤的游鱼

一条二条三条四条五条　此刻

河里湖里所有的鱼都游上岸

在灰色的天空　在拥挤的街道

在拥堵的马路间隙中　畅游　张望

车流人流气流堵塞停顿

停留的还有一颗心

一颗心呆滞在原地

细数着天空之城拥挤的游鱼

惦念着那幢楼房那个房间那张沙发上

有没有　一条鱼在张望

伫立在河畔一再张望

再没有看见游鱼……

南方

一群鱼啄着月光迤迤然游过
大海数次沉下去，又跃了
起来。一些话语被潮水卷起
—海面的悲伤和喜悦

狮子座流星雨

寂寞无告的梵谷

罗列着光谱

标点着黑暗

星斗阑干的奇诡图案

浩瀚灼灼耀眼的天河

灿烂隐晦的神话之墟

凌晨二时十二分

东经 113.3 度

北纬 22.5 度

万千星辰　绽放

生命最后的璀璨

狮子座流星雨　刷亮

百年不遇情人节的夜空

是俗规　还是梦境

流星滑落的一瞬

星语心愿将会美梦成真

在历历星宿来临的一刻

在暖暖天河划亮的一刻

在兆亿星球灿烂的一刻

在千载难逢稍纵即逝的一瞬

在欲说还休心愿涌现的一瞬

在只能许下一个心愿的一瞬

主啊　我祈求

无限的坐标下

永恒的隐喻下

冥冥星宿众神的脸谱下

主啊　我只有一个心愿

祈盼　星空下

你我的心愿一样

你是最安静的一朵

你是喧哗荷池中
一朵最最安静的

烦闷时候　念到你
我是如此的静
这纷纭世界
再也没有什么
再找不到如此洁白的莲
你是喧哗中那朵最宁静的莲
莲　就在眉宇间
只要我们再靠近些
便能听到世间所有莲的心事
那么纯洁宁静
一念及你
我便如莲一般祥和

让我　让我轻声为你朗诵
这一首众荷喧哗
你是最安静的一朵

幸福像花儿一样

蓦然回首
其实
其实真的没有什么

那天阳光中
我们牵手
这座城市
名闻遐迩的花廊
春的美丽
从四面八方
拥抱你　亲吻你
那些五颜六色的
那些迎风招展的
怎及
嫣红的　笑容可掬
花样年华的你

生活
花儿一样
水灵灵的

卷二：穿过银河去看你

爱情是一个海枯石烂的话题
世界即使颠倒，日夜反转
我和你的希望会是一个样
爱情是怎样一个支点

传说

哪年哪月

那个桂子飘香的牵手晨曦

那个荷香渺渺油桐伞下的午后

那个花灯中烟火里的元宵

那个《石头记》里的西厢往事

那个死与生又生与死

那个打不成又解不开的结

我是你前世的守望

无奈却让你化成了

石头　却望不到头

盼不了

望不见

在江边守望千年的一个传说

你是我无心却相遇

无缘

却千里寻觅

望得见

盼不了

化蝶双飞的前尘往事

刹那的思绪如电闪
现世的我
惊疑前世
一个个遥远的爱情传说

爱回来过

再美的鲜花也会凋零

再美的青春也会老去

再美的影剧也会结束

可是爱说

在你累了　在时光停滞

神思空白　无言的时刻

风说

爱跑得比飘拂的叶子快

爱回来过

爱说　你如她一般年轻

爱说　她回来过

爱说　你如信仰一般年轻

在黄昏　在黄叶

倦意飘荡的一刻

在人们感到

生命如白开水

一般　凉时

爱说　她回来过

有缘的人　总会遇见

爱回来过

我想

你定如她一般美好

守望幸福

风沙中赶路的人们
别急着赶路
别急着赶往高昌　别急着
见那梦寐以求的……

莫名的恐惧和灾难
戈壁　烈日　饥渴
遍及沿途
疲倦的焚心赶路人
也许你会在途中倒下
也许你能……

途经的无垠草原
蔚蓝的苍穹下
小草野花接连天地
嫩黄的草芽正破土
羔羊抖动着雪白的毛发
路边灌木丛
枝丫　花冠　叶子上
卑微的昆虫

正交谈舞蹈歌唱

不显眼的热闹和喧哗

如天籁般动听的交响

焚心的疲倦赶路人

现在何不让我们

感受苦难的同时

微风中

让我们　坐下来

让我们一路

静听花开……

心雨

南下五载

每逢岭南雨季

淅沥淅沥的雨丝

朦胧了厂房

朦胧了街道

朦胧了城市

朦胧了我的眼睛

千年干渴的家乡

滴水贵如油

岭南的雨丝

何时

洒湿黄土高坡

洒湿庄稼野草

洒湿你和孩子的心窝

家书

家乡地瘦水缺

供小儿读大学

我孤身南下

赚钱维持家计

每逢小儿寒暑假期

老妻啊!

你夜不成眠

识字学习

盼早日能写家书给我

今天

收你来信

泪水扑湿褶皱信笺

三载相思苦泪

五十载岁月老泪横秋

家书一封抵万金

语句里　字迹间

藏绵绵思念

带家乡黄土干涩气息

过玉门　跨阳关

攀山越岭

来到四季如春岭南

平日里

你锄地挑担

不让须眉

来自丝绸之路的字只

每一横　每一竖

却那么纤巧

是家乡的石窟艺术

滋润了你吗

初写家书的老妻

端坐土炕上

煤油灯下写信的

分明是那

西子湖畔的秀巧织女

心暖

寒潮

寒潮越过黄河长江

席卷岭南大地

我迎着寒风

穿过袒露躯干的桐林

站在邮箱前

邮箱知道

我在诉说什么

静穆地凝视着我

为自己是爱的信使而心暖

如今

遥远的你

一定很寒冷

伸出你的小手

让我呵一口暖气

你拆开这封信时

会听到我的呼吸声

天堂鸟

在夏荷盛放时

在蝉声消退前

请赶快淌过这道河

请赶快歌唱或发怒

请赶快大声说出

你的欢乐和忧伤

岁月如河　大海无边

山那么遥远

你我相隔遥远

仿佛是飞远的天堂鸟

那些年那些梦

再不热爱　再不热恋

我们就越飞越远

翔

曾以为

一粒土终极为浮尘

飘荡、茫然失落在天地

今晚苍穹深处

半弯红月亮沉吟

用爱铺垫

一粒土嬗变为星星

一粒土竟长出天使的翅膀

飞翔天际

璀璨夺目

如与一场花开相遇

花开的声音

哪一出电影的哪一个细节
竟出现在眼前
整个世界骤然恬然淡然

世界辽阔
天涯又何尝不是咫尺
让心如海
上了心的　才在心上

你和海　还有阳光
同在　呵护
共听一朵花开

在低处

盈盈，无非一握
五千年的喜哀
高处的寒冷
低处的卑微
早已相拥成为
滋养绿茵的
一抔泥土

立萍之上
逆风而溯
秋水望穿
要给，就给她
一整个春夏秋冬
遥遥天涯路行尽
某时梦里一个翻身
厚重千年，亦是咫尺

富士山藏不住心事 （组诗）

东京

银座，浅草的人潮汹涌
汹涌的还有思念的影子
那道影子，穿透波音飞机
来回奔波在
东京二万四千英尺的高空上

不知此刻，你是否也思潮汹涌

富士山

有雪的富士山藏不住心事，
阳光和煦　碧绿幽深
五月的圣山纯洁　与你的笑容
一般洋溢着。春风比积雪温暖

马笼宿

喜欢依山而建，苍老古旧的

马笼宿木屋温馨

无论晨光晚霞，或者正午暖阳
茗茶青酒静坐，听任流光挥舞

山泉流淌，山坡下的水车
就像那情感从不停息

东京银座已遥远，群山
青翠依偎在怀中

清水寺

在蓝天上陆地上海洋中
畅想，随景物飞转

在京都清水寺，到此一游的
还有你的影子

此间祈祷美好，谁的姻缘签
正在随风飘扬

我喜欢

当一切　静下来
我喜欢　静静地想你
想你笑的模样
你最好有时佯作发怒
你懊恼的样子　一定会很特别
此刻　我在静静地想你
想你不同时候的样子

我喜欢静静地想你
在夜阑人静的时刻
此时人在宁静中
思绪在安宁的四周
来回　踱步　徘徊
我在静静地想你　想你
此刻是否也如我一般静静地想念

其实　即使在热闹中
我也喜欢　静静地想你
在繁忙或手足无措的时候
想你　我便会宁静
我喜欢　静静地想你

红蜻蜓

也许是无法诉说

想不通　解不开的结

也许本应如是

那亭亭的小荷

早在池塘一隅　沁人心肺

那只翩翩飞舞

渴望栖息的红蜻蜓

有幸遇见

即将停落　偶然

自然的瞬间

小荷呀　小荷

只想问一句

你可是

唐诗宋词中　袅袅

飘落的那一朵

玫瑰字句

新年睁开晨曦双眼

一朵二朵三朵……无数玫瑰

站在七楼阳台大叫

将静在白夜之中

偌大的一座城市

摇醒　风中的花蕊

正诉说着什么……

惊异的我逐字逐句

译着那叫声

琢磨了一个上午

没想到远方的你早已译出

玫瑰心语　竟然那么简洁……

穿透黑地的寂寥

穿透黑夜告别黑地的寂寥

此刻　光芒把黑暗挤得悄无踪迹

霞光中　世态暴露无遗

光明与黑暗的距离有多近

世界的辽阔　桃花的红

李花的白　傲雪的寒梅

这个世间的缤纷灿烂

芬芳了苦寒

桃花源寄诗

钟爱一个人　便会觉得
世间所有的欣喜都在这里
要只要　与你静处尘世一隅
与你相伴　看日升日落
攒集世间所有的恬静
从不需要　也不羡慕任何人
你是我内心莫名的欢喜
我是人间最富有的王
赠我十个桃花源也不要
要只要你桃花般的笑脸

春天

四月春雨连绵

连绵的还有一部《洛夫诗全集》

老诗人用 1257 个页码

诉说人生乡愁情思

许多诗章记我相同的爱念

诉说思念　想念你　淡淡的愁

那爱意在映月湖面荡漾

因为春天

因为风

爱意荡漾在将来

无穷岁月

夏日意象

瞬间大雨，如心的雨点随意开花
撑着伞在雨柱中挤出一条隧道
听向日葵雨中拔节，你的笑容雨花般
盛放，如花穿越夏天

雨声

昨夜有雨敲窗

北回归线以南的亚热带

气温由 28 度

急跌至 12 度

只需一场连绵二个昼夜

滴滴答答雨响

四月嫩绿生机盎然　湖面暴涨

荷香已开始荡漾

雨声　诉说着

连绵的思念

想你　真的不需要理由

就像敲窗的雨声

相濡以沫

夏夜翻阅你的短信
总嗅到阵阵荷香
两个人的遗憾，猛然相碰
子夜，天各一方
两个梦，重叠着
你如荷香飘逸
一种怎样的美丽
如你在身旁，难有
这种祈求。两个遗憾
相碰撞，一种真实的
疼痛，痛彻心扉
痛得渴望相濡以沫

所有的故事
都是人编出来的
也是人活出来的
所有的疼痛，和相思
都是人切身体会的

情深相拥

一湖嫣然。不早
也不晚，你我
随清风邂逅。这一刻
荷塘远近恬然。鱼水情深
鱼儿悠游如千年。凉风阵阵
翻动着荷叶田田
让岁月慢些再慢些，甚至停顿
时光倒流。浅浅的笑
漾成心底一片湖海
你交给了我，我也交给了你
一个远方。在远方
情深相拥
亿万年

狮城

你听，点点星光

在歌唱着真善的暖

望海，望向星海

此刻与你站于窗前

远眺无垠太空

星星在心中无尽无边

曾经有你，因此有我

并肩而行的你我

在狮城，和风拥抱着心爱

请不要问街角的胡姬花

请不要问河口的鱼尾狮

请不要问绚丽的 18 棵天空树

一场关于星月的恋爱预告

我和你几时再见

2017 年 10 月 2 日

简单

安静地　听凭风

在你我四周

若南若北随心所欲地吹拂

听凭天空把远方归还

远方无拘无束地　纯粹着

简单地　快乐着

这是春天黄昏的自画像

爱是一种方程式

爱是一种生活

你体验生存的感受

有着，存在着我的感受

你看待世界的眼睛

跟我是那么相似

几乎接近一致

我爱你

因为你让我感觉到

在这个世界上

还有跟我相似的灵魂

爱你的真正原因

最深层面上共享着生命感

爱你的方式

可是你希望的方式

爱是一种方程式

月圆花好

今夜，月色皎洁浩荡无垠
她是一个精灵，用难以分清
落花和流水的真实在周旋
花好月圆是月色朦胧的旋律
周旋却是昔日娱乐圈的精灵
北斗星和北极星遥远不可及
她的心里爱情正值盛夏
不知应将十月安放哪里
渐行渐远的风吹不散斜阳
远方纯真秋色会是多么欢欣
风从不同角度轻拂她的发梢
在这样的时候相遇
她怨艾的少女梦已是遥远
爱着她不曾被别人爱过的部分
不同角度的爱会是别样的美
此刻明月高悬，茉莉芬芳

完整

说到世界之大

只想你我，能安然一隅

说到世界之美，除了你

还是你

终于谈到了爱情

这牵肠挂肚地，难受呀

仿佛只认识你一个

别无其他选择，只能

无条件地去爱

爱，就要一个

完整

爱火

一阵阵迎面吹拂的海风

就快将心中那团火光煽亮

我害怕　你说

我是贪玩的小孩

我害怕　会告诉你

相隔的日子

常想念你到夜半不能入眠

我害怕　我会

拥抱着你落下相思的热泪

遥望着闪烁的渔火

我知道　必须

瞬间下沉　深海三百米

才能扑灭这团即将燃烧的爱火

匆忙中　我极为平静地

喝了一大口准备好的冰水

这是潜入深海前的一次

深深吸氧

庆幸

时间如一个不讲仁义的

盗贼，偷走了

喜欢热闹的年少时光

换成了晚霞里的一朵流云

你眼眸深处

深藏一根绳线

牵扯着这朵流云

飓风吹不散，岁月驱不掉

无悔一生的相牵。岂止幸福

更是一种庆幸

踏实

那么多的感怀和爱恋

融合，汇集在一起

那些漂泊的情感，终于有了一个

固定的家园

不管何时何地

闭上眼睛，你便浮现脑海

终于不再感觉，飘荡不安

此刻写下的每个字，每个句子

还有此间所做的每个梦

仿佛都有着你的影子

有了你，便有了

一种踏实

水月亮

那是一个李子
其实本是个桃
极力否认，甚至
反对地认为
桃子是可爱的桃子
可桃子可爱的笑容
就是在心海里
扑通扑通地跳跃
走出大门
雨点竟然在街心
扑通扑通地跳跃
跳起的每滴雨点
都是一颗心
岭南水乡的中山
漫天飞舞着无数的心
雨点竟然比鹅毛大雪
更代表爱恋

岭南的平安夜
不会是白皑皑雪国

天空竟然挂着一个

水月亮

穿过银河去看你

恒久常新，天荒地老的
绝对不会是物质。庆幸找到了
远道而来的爱情
冬季漫长而寒冷
如一对蚂蚁抑或蝴蝶
阳光下温暖着彼此的温暖

爱情是一个海枯石烂的话题
世界即使颠倒，日夜反转
我和你的希望会是一个样
爱情是怎样一个支点
让我们快乐地
望着远方，活下去
即使天崩地裂、墙倒屋塌
我愿意穿过银河去看你

一起遇见美好的春天

一抹晚霞伴随海风和花香
快步跑了进来　亲吻着
你嫣红的面颊飘逸的发梢
凝望着窗外那一脸的温柔
多么清新　那缕花香
仍然停靠在椅子上
那缕花香一再提醒我　车窗外
繁花已纷纭

三五只不知名的海鸟
隐埋在三五步外阵阵的涛声里
渔火闪耀　一起闪耀的还有
丛林里欢欣的鸟鸣
今晚的海突然懂了心疼
略带咸味苦涩的海风竟添了
一丝芳香

多么愿意和希望
这绿树成荫的海堤
就是世界的尽头　那么

时间走尽了
我们也心安理得地把
世界走尽

海堤　海风　海鸟　绿树　繁花
在这天涯的尽头　我们一起遇见
美好的春天

卷三：点亮一盏明灯

希望我爱的人终生温暖
希望爱我的人满脸欢愉
时光锋利，我如厚钟撞而
无语。只言安怡不言殇

远方

什么也不想　抽空遥望一会天际
现在让我们打扫庭院
为马羊洗刷　收割嫩草粮食

什么也不想　远近平淡安然
远方蔚蓝雪峰洁白
路旁小草小花　近处河道清澈见底

什么也不想　待我们把此间整齐
挽手牵着马赶着羊群伴着白云到天边
一路搀扶到远方

什么也不想　出神凝望天际
你在收拾行李计算远行和归程
此刻神马飞驰　喜羊即将来临

2015 年甲午马年除夕

虹

我就是那枚

曾经碧绿

素面朝天的枫

我就是那枚

历经雾霜

渴望彩虹的丹枫

露水打湿的寒夜

初雪沾衣的晨曦

净化成一叶

终于和水相逢的萍

萍水相逢　穿梭

层层叠叠的群山

一溪碧水白波

一涧平平仄仄

追逐眷恋的彩虹

随千尺飞瀑飞溅

穿透阳光碎片

陨落在

璀璨炫目的彩虹

初恋

思念　良久
总不知该如何采折
这含苞带刺的玫瑰

默然伫立时
时光早已
溜走了

早春的晨雾里
遗留一串
迷蒙的温馨

元宵

曾经何时的对白

猛然断线

绝尘而去的会是

一匹白马

赶紧张开双手

却没法拥抱

叹！难以团聚的节日

今夕何夕？酒醒的河岸

长亭连短亭的元宵

徜徉

爱情是什么　是关于你
是某一时候欲言又止的心疼
是某个夜深无眠的牵挂

爱会在思念的一刻骤现
此刻了无睡意
你一会　在我左心室
你一会　又跑到了我右心房

不睡之夜在我心海徜徉
在朝晖里在晚霞中的徜徉
流落海角天涯的徜徉

深度

你说此地的深处埋藏着金子
挖掘近十个昼夜
刨根问底　百米千米
土层和时间的深度

我愿意和你不分春夏秋冬
哪怕一百年千亿光年

到那时　你还相信深处
那些深埋的金子吗

岁月是一把刀

某时　你诚挚问我
春风中的我是否身心安泰

岁月锋利无比　明晃晃
正如一把切菜的利刀

利刃　一节节切我
春风煽风点火

我快成了餐桌上
一盆热气腾腾的菜　可口吗

遥远的美丽

爱恋竟在远远
你我相对茫然
为何　为何我却在
蛙鸣蝉唱的夏秋
才会想起
才会茫然追寻你的踪影
你这寒风中袅娜的水仙

恋爱竟已是遥远
似水流年　流年似水
已是稻穗飘香的秋
我却是道不尽的愁
不想你的冷傲绽放
使你我各在水的一方

爱恋竟在远远
一别经年　似水流年
你这傲霜的凌波仙子
岁月之舟已进秋的芦荡
芦苇茫茫　秋意迷离

迷离的你却
屹立在料峭的早春

慨然你我
相识在错误的季节
叹息你的如约
竟然是我的迟到

花城 （组诗）

阳光

那么　清脆

满庭院阳光

一瞬间

就撞响了

午后的思念

那么温馨温柔

仿如你的秀发

随风飘逸

花季

错过了春夏

便错过花季

错过了春夏

还会有秋月冬雪

我敢冷落整个世界

却不敢错失了你

错过了爱情

便错失人生

走神

一不小心
分明是四面墙
怎又看见
你身影
在面前
飘过

思绪

思念使人疼痛
似春蚕
啃着桑叶
思念会吐丝吗
盼望　抽丝结茧

花城

给我一整河珠江水
冲不淡　千古情长

浇不灭　万载情愁

栽一城鲜花

捧一城碧绿

谢谢最深爱的你

如约出现　重逢眼前

了却这段千年奇情万载良缘

思念

放下忙碌

放下思考

放下一切的瞬间

思想一下子

迷失了方向

思念倍令我爱恋你

爱令我们在一起

爱令我向你

走得更近

停顿

放飞千个梦想和心愿

其实，其实仅盼望

交织一个小心愿
我们虚掷无数时光
相逢于千度凝望
盼世界停顿
盼守护一生。给我
相伴一世的爱人

恋

思念你
冥
　　想
　　　　中
那一声沉重感叹
成了静夜飞逝的流星
遥远的你
可有望见

平常心

一听到爱情二字
便会想到花的模样
你的神态。仿佛世上
所有的美好就在面前
一只蚂蚁正在辛勤劳作
试图穿越 个冬天的漫长
像蚂蚁，我们依然生活得卑微
却拥有平常、安心、欢乐
在爱里滋养和成长
像两只蚂蚁不亦乐乎
一切变得踏实而美好

奔跑

那些说不出的慌张像急迫的青春
不懂如何才能与爱生死相许

年轻的奔跑没有发现四季的秘密
蓦然转身，白发已经在爱情中生根

无尽的爱

——聆听《梁祝》

杨柳依

落霞飞

断桥相送不忍离

山伯啊

此去别离　何日逢

英台心结成恨史

乐韵扬　情丝长

千年爱情

随琴乐翻飞

鼓声擂　声声唤

沉思中抬首

却见那双可怜人

花间化蝶

将凄婉谱成琴韵

聆听中　一片嘘唏

恋火

寒冬携着荒凉将我拜访

诉说你　伫立在

铅色的夜雾中等我

我的心剧烈地燃烧

只要能给你增添一丝温暖

我愿是寒流里的一堆篝火

只要你终生心暖

我愿化成

最后一撮灰烬

心窗

夜幕下三二点寒星
凌晨二三时的孤单身影
显得月下格外冷清

无数个星月期待
重叠的美景
我在等待你开窗的身影
假如你推开心窗
定能发现星月下的身影
定能听到夜幕下的心声

今晚，请打开心窗
半弯新月可做媒证
清新大地将有一个
崭新的旅程

眼眸

春华　秋实
岭南荔枝红了数遍
相识倾心数载
从未敢说出那句
"我爱你!"

你和我
本是不相连的两个车轮
你应在高速路上飞驰
不应和我
走那乡间小路
苦累了你
"我爱你!"
这平实词句
如无形轮轴
说出后
两个车轮将会连在一起

朝夕共处
目光交汇时

我无法逃避

在你的眼眸里

我看见我的眼睛

早已说出亲切的那句

"我爱你!"

岁月的出口处

开怀时喜欢跑到海边

苦闷时习惯跑到海边

听大海　放开嗓门

千里奔腾吟唱

烟波浩渺　浪涛滚滚　风云际会

淋漓尽致如海风扑面吹我

开怀时喜欢远眺天际

苦闷时习惯远眺天际

开窗　放云千里行

看云卷云舒

风起云涌　风云翻飞

将愁绪　苦闷　轻抛九霄云外

开心或苦难　均如岁月

岁月从不肯轻饶人

我们岂能放纵岁月

繁喧过后　夜阑人静处

爱那夜空的一片星云

宇宙的一处出口

云端之外　星光为我
捎来你的一封书信

我看见　你静谧
默然伫立在
岁月的一个出口处

以诗之名

茫然于人海

人海茫茫　岁月守口如瓶

从不正面通知

也不肯稍微透露

你何时到达的消息

我在站台静默守候

一再伫立凝望

人流摩肩接踵车来人往

只怕各自奔忙　消失

某个无名匝道

悄然走失哪段交错时空

我在站台静默守候

如何能让你我途中遇见

我在苍茫大地张贴告示

以诗之名

守望你的抵达

东篱

将南山归来满口袋的蝉鸣
挂在东篱。游离万物之外
朝阳晚霞满窗，风雨一生短
有谁的幸福值得采摘

弱水三千

渡口
千人　万人
谁渡我三生三世的守候

你不是鲜红嫩绿桃花李花
你是洒落灵魂的
一滴甘露

花

喜欢你　笑的样子

像一朵

自然而然的花

茫然时

像那含羞的小草

一脸的随和

思考时　却又像

含苞低首的

蕾

海韵

我来自冰封的北国

你成长在浩瀚的南海

我说人的意志

应有寒梅的刚毅

你说人的胸怀

更应如大海般磅礴

那夜观看海上日出

使我感慨

大海的女儿柔中更刚

海风再次掀起滔天巨浪

惊骇了海岸

咆哮的海涛

颤抖的海岸

我七尺男儿不敢妄称伟岸

风浪却动摇不了你坚定的目光

你勇敢地说

坚持就是胜利

黑暗过后就是曙光

怒号的风浪走后

天上星月越来越稀

夜深了

冰冷凝固了海岸

寒潮飒飒

身上的衣衫越觉单薄

你坚强地说

坚持就是胜利

黑暗过后就是曙光

星月完全隐退时

天地间只有岸上的灯塔

和天边的航灯

遥遥相望

沉寂主宰着大地

幽暗浸透了苦涩的海岸

我直怀疑

光明迷失了方向

你坚定地说

坚持就是胜利

黑暗过后就是曙光

徐徐柔和的清风

送走了寒冷寂寞

迢迢长夜就快到尽头

愤怒的巨人拨走了层层乌云

东方海平面透着霞彩

一轮红日喷薄而出

黎明冲破了重重黑暗

壮丽啊！曙光

壮阔啊！大海

风打身边经过

风打身边经过

捎带的气息　那么熟悉

如初夏的宁静　有深冬的沉稳

就像你打身边经过掀起了风

在时光深处飞翔

人情冷暖如四季

岁月斑驳沧桑易老

骤风推着清醒的凛冽

现在的微风淡泊宁静

就像那时你打身边经过掀起的风

沧桑

爱情
湮没在柴米油盐
现实啃噬我们的神经
生活中
只有最真实的——
　　　　我。
　　　　你。

深呼吸

我要秉烛照亮

深不可测的海底

潜得更深更远

速度会再缓再慢

必须适应新的吐纳更新

每一次呼气和吸气

都会有困难

却在每一次深呼吸中

逐渐游离狭隘贫乏

游向未知的辽阔乐土

我要秉烛照亮

这片　曾经的荒芜

那里会有平安喜乐

凄清

苍穹之下
一只白天鹅
在鸣叫

一颗星星在天上
发呆
颤抖

镜像

飘零千年
失败于人海茫茫的寻觅
失败于难成眷属的无奈
失败于终成眷属的厌倦
失败于有家无爱的婚姻
失败于孑然一人的孤单
爱情真的失败了吗……

虚无

"一切生活终归平静如镜
潮涨，瞬间必会潮退。"
忘记了是谁，不知
是我说的，或许是你的言语
向往恬静似水
日子平淡，安心如常
"你看那天际，那颗火星
就快撞向地球了！"
哦，那将会是怎样的轰烈
且虚无。后园
已是花开缤纷
难以想象
春风就快消失于江南岸
相邀郊外踏春，看花
这边百花就快开败
你却在火星，乘凉发呆
猛然，地球给谁
撞了一下腰
你掉头看看
花瓣已是散落一洲
这一会，并不是虚无

烟雨西樵山

蝉声

在细雨中　沉落

烟雨十里荷塘

飘荡

莲的清芳

念你

在霏霏细雨的西樵

思

念

染

透

七月的荷塘

那日

重踏故地

群山　绵亘

我的思念

蛙声响起处

一池荷花

洁

白

着

爱情的芬芳

骑着月亮飞行

岭南夜空，三千盏明灯
游离西窗。大山深腹
南海之滨。骑着月亮飞行
我们并肩浪迹在天涯

给爱情插上翅膀 （诗歌体小说）

一

爱情在左　幸福在右

年少的我分不清左右

北京的你　来信说

香山的枫叶随风飘红

南方应是稻穗香熟的秋

每次　还说

暖和的露露更可口

一再说

当年校运会上

我赠的那瓶冰冻露露

至今心里

还曾丝丝凉透

二

爱情在左　幸福在右

大学的我分不清左右

北京的你来信

多少次探问花城

是否四季如春

是否花团锦簇

说定比冰冻的京城浪漫

说南国花城的少女

定如夏天一般的烂漫

我们这些男生

必定是

幸福在左　爱情在右

我不知你的爱情

竟在我的左右

　　　　三

爱情在左　幸福在右

年少的我分不清左右

持续两年多的通信

每会我只说说球赛

你上京路过花城

不知何故我还是和你

说说　运动场上

你们这些女子排球

我说生活本来简单

只要健康快乐

便已足够

秋风中枕着月光

竟不知

爱情在左　幸福在右

年少的我

分不清左右

你怎不提醒我

分清左右

四

爱情在左　幸福在右

爱情是否还在左

幸福是否还在右

我极想分清左右

摄氏 36 度的高温

派送清凉饮料的服务员

每次问我要什么饮料

每会我望着空荡的球场说

"一瓶冰冻的露露!"

五

爱情在左　幸福在右

今天蓦然心想

我从来　未曾

品赏过暖的露露

不知将这瓶冻露露

用开水浸暖

这个夏天

会否变得更加缤纷可口

爱是海洋 （诗歌体小说）

一定是给我抱痛了
夜半时分
艾青、聂鲁特、洛夫、徐志摩、余光中、席慕蓉、叶芝
这些诗人忍不住痛把我叫醒

凌晨二时梦醒的我
确是笨拙
开心地拥你入怀
醒来的现实
拥抱着一捆衣服七八本诗集入梦
此刻，书本和理智筑起的城墙
荡然无存

爱，在梦里醒来
还一再疯长
生命此刻再次被你打开
终于明白人生孤独寂寥的原因
人生的另一半是你
一个人的人生是残缺
生活，是两个生命的融合

我是那个不懂游泳

喜爱河流，喜爱在水边玩耍

溺水后意外生还的孩童

大雨过后，水流湍急

滚滚的水流拉扯着身躯与灵魂

在一片漆黑混浊中

绝望时，有张笑脸在向我呼喊

"坚持，再坚持。"

在水里坚持扑腾

这让我意外地学会了游泳

向着河岸，爬划蹬腿

死里逃生

凌晨推窗，仰望璀璨星河

闪烁的晚星分明是你的眼眸

终于看清那漆黑混浊水中

所见到的笑容

你的笑脸

那么清晰深陷脑海

溺水，却意外

生还

终于明白

爱是海洋

在无助的一刻

海浪会将我托起

送往梦的家园

爱是海洋，我们

她的儿女

海浪会一再送我们

抵达彼岸的故乡

爱是我们应坚持的方向

别丢掉，这过往的热情

满天的星，梦似的挂起

一再叮咛

别丢掉这过往的热情

平安夜倒数

坐在大门口旁边

看着　日子鱼贯而入

不知不觉已是平安夜

圣诞钟声就快敲响

坐在大门口旁边

看着　人群川流不息

从未习惯过圣诞节

以往不曾在乎圣诞钟声

在这个平安夜　竟然想着

未来的平凡日子里

看着你扳着手指

倒数平安夜的到来

这样的日子

可会真的看见

一位慈善的长者

驾着驯鹿雪橇　从天而降

这样的日子

不一定诗情画意

却定会朴实开心

点亮一盏明灯

总懵懂认为　爱情只是
占据和珍藏心灵一隅的情感
可至此　睁开双眼想的是你
合上双眼遐想的　还是你
爱情是一种牵挂和心疼
她驻足空气、水中和字里行间
在思想和目光深处翱翔

终有一天　我们远离尘世
天空漫游的天使
能聆听到　读者朗诵
写给你的那一首首诗歌
百年之后　那些诗句还伴着体温
栖息着一段段无瑕的情感
我们与一首首诗歌相拥在一起
没有哪一种风霜
能够吹熄爱情这一盏灯火

悬念

煞有其事，不放不弃
用竹篮打水。人生
如那盛水的缸，何时饱满
或者是一列渐行渐远的火车

冷暖自知

希望我爱的人终生温暖
希望爱我的人满脸欢愉
时光锋利，我如厚钟撞而
无语。只言安怡不言殇

相信爱情

在空山新雨后几度怅望
在浔阳秋瑟中几分相送
隔着多少春秋　千百度　遥望
枯禅苦等中
洒落了多少唐风宋雨

佛说缘定前生　几多前尘往事
几回人闲桂花落
千百次凝眸换来今生的擦肩
浮生多变
别问　别再问
今生相遇是缘是劫

几度彩霞满天
几许风雨满途
撑伞默然走来
盼只盼　能与你途中遇见
相信爱情　相信未来
你我能在途中遇见
只盼与你途中遇见

附　录

守望爱情：现世人间的荒漠甘泉

——读王晓波诗集《骑着月亮飞行》

相似的人总能遇见，相似的灵魂总会有感应。在扬州瘦西湖畔夏日的一次课后，王晓波出现在我面前："袁老师好，我叫王晓波！"我瞬间产生了一种奇妙的感觉。后来，我知道了，这是诗人王晓波，确实不是小说家王小波穿越时空重返人间；看到《诗人文摘》所载《还有漫山遍野的梅花》等王晓波代表作十六首，我知道了，这是一位真正的诗人，从 20 世纪 90 年代至今一直坚守在诗歌的田园——尽管这片田园已渐失当年野蛮生长的蓬勃生命力，早已不见了曾经有过的无限风光。我也曾在那个八九十年代所特有的诗歌时代年少轻狂过，诗歌曾是我用生命热爱过的，写诗、读诗曾是我日常的一种生活方式，但时代风云变幻，生活一地鸡毛，那些年我时常感觉到诗歌、散文这些文字对解决现实社会问题的无力，尚未意识到无数人的坚守、坚持也是一种力量，水滴石会穿。尽管我对诗歌渐渐失去了往日的热情，但我对诗歌坚守者仍充满敬意。

邂逅王晓波的诗集《骑着月亮飞行》于我则是一种奇遇。纯粹洗练的诗歌语言，或短歌小令，或散板行吟，抒写的不仅仅是缱绻缠绵的爱情，更是作者的生活态度、人生哲学乃至信仰：不媚俗，不随波逐流，不低眉折腰，强健精神，迎着太阳昂扬前行。所以，诗集读来流丽、纯净，因为好诗纷呈，读诗的过程犹如菁菁杨柳岸边行，是"长亭更短亭"的美好旅程。一路伴我的诗人形象时而纯真如赤子，时而执着如逐日的夸父，时而奔放如精神的高蹈；他有时多情细腻，有时多思深沉，还有时豪情万丈、思接天地、神游八荒……

王晓波的诗清澈。我尤喜爱他的小令般可爱的情诗。如《江南》：

江南　多荷多莲

荷叶田田倚天碧

总是错把每朵红莲

看成伊　羞红的笑脸

又把随风的那朵白莲

看成伊　盈盈的背影

多蜻蜓　多蝴蝶

又多燕子的江南

再仔细也分不清哪只是伊

好想　问一问

那飘逸的风筝

伊却缠着那根绳线不放手

水灵、娇俏的"伊"，连天荷叶无穷碧、婷婷随风的白莲、多蜻

蜓多蝴蝶又多燕子的江南，引人入画。"总是错把每朵红莲/看成
伊　羞红的笑脸"，全诗可以分成若干个类似的节律，一唱三叹，推
动着情绪的氤氲弥散、发展。甜蜜曼妙的音韵中，伊人悄然已入
"我"青春的白日梦。

诗集中这样的佳作很多：《一月》《谁能及这青梅竹马》《沉香》
《立春》《六月天》《七夕》《聆听》《荡漾》《你是最安静的一朵》……
打马走过青葱岁月，趟过生命中每段令人刻骨铭心的情感的河流，诗人
的年华不曾虚度。

王晓波诗中的"她"的名字多是梅或者荷，他甚至专为此赋诗
一首《我叫你梅或者荷》：

无须太多　期盼相逢
纵使千里独行跨万水越千山
纵然旅途　千里冰封万里雪飘　盼只盼
遇见一名叫梅或者荷的女子

梅、荷高洁，芳香，在水一方，遗世独立，既是诗人钟爱的佳
人形象，也是诗人自己美好性灵的投射。为了追求这美好，他愿意
付出所有，殚精竭虑。这是怎样的一种清澈！

清澈于这红尘浊世是一种宝贵的品质。美国诗人拉尔夫·沃尔
多·爱默生说，一个人如果能够看清这个世界的矫饰，这个世界就
是他的。我深以为然也。王晓波的清澈并不单薄，而是历世之后的

洞明智慧。

比如《六月天》：

我把一月的天空打扫干净

期待二月

飘落足够的寒冷雨雪

你我的梅　不羡春暖　傲雪而立

待到三月莺歌燕舞

这个季节万象更新　心存感恩

望着雨落大地　雨洒庭院

你虽沉默　笑而不言

转眼却已是人间四月天

清晨黄昏吹着风的软

飞花散似烟

你我牵手走进晴朗五月天

一说到六月

便想到海天广阔　万里相牵

拨开浮云　随缘即安

在这里，清澈的是心境。"我把一月的天空打扫干净/期待二月/
飘落足够的寒冷雨雪"，不为别的，是为了"你我的梅　不羡春暖
傲雪而立"。"待到三月莺歌燕舞""万象更新　心存感恩"，谢雨露

阳光滋养生命。明媚的人间四月天、晴朗五月天牵手走过，到了六月，一岁过半，恰如人半生已过。他已把这个世界的矫饰看清，因此这个世界就是他的，才有海天广阔，浮云不再遮蔽眼，于是深知"随缘即安"。情爱的内蕴更深沉，生活的内涵更丰富，生命厚重辽阔而平和。这份清澈，是对人间浮世的了然彻悟。

王晓波的诗奇幻。读王晓波的诗我会想起马尔克斯的《霍乱时期的爱情》、扬·马特尔的《少年派的奇幻漂流》，甚至温斯顿·葛鲁姆的《阿甘正传》。他的诗里有一种别样的奇幻色彩，如《沉香》：

你喊一句　桃花便开始

飘零　水流湍急

轻舟已远

相见恨太晚

茶香已冷　雨线缥缈

此刻　再喊一句

夕阳已西下

何时重逢赋诗暖香

相聚或许是在天涯

你如沉香袅袅在心海

"你喊一句　桃花便开始/飘零　水流湍急/轻舟已远"，此处桃花飘零，水流湍急，轻舟已远，是"你"喊一句的结果。"此刻　再喊一句/夕阳已西下"，这里夕阳西下同样是"你"喊一句的结果。"你"是"我"钟情的女神，有着号令天地万物的力量。读到此处，我不禁为之动容：爱情诗写到这份上真是情深似海，感天动地了。

王晓波诗中这样的妙笔随处可见：

把月亮掰开　你就跳了出来

拉起手　我们就构成整个天宇

有阔的海　横的陆　高的天空

还有遍山满岭的梅花

——《谁能及这青梅竹马》

那骑白马的人

就站在澎湃时光的岸上

——《雕刻的时光》

一盏灯，一扇门

有了开启

突然之间有了余生

——《余生》

岭南夜空，三千盏明灯

游离西窗。大山深腹

南海之滨。骑着月亮飞行

我们并肩浪迹在天涯

——《骑着月亮飞行》

　　诗人想象空灵奇特，天马行空，天地万物皆可拿来随意裁剪取用在恰当的地方，诗意翩翩，令人欣欣然、陶陶然。

　　王晓波的诗歌极富表现力。他将古典、现代的诗歌表达方式、表现手段，在诗中运用得恰到好处。他的很多诗作都给人浑然天成、妙手偶得之感。我想这不光得益于诗人的天赋，更得益于他数十年如一日的勤奋积累和辛勤笔耕。读王晓波的诗作，可以察见他的勤奋：

一定是给我抱痛了

夜半时分

艾青、聂鲁特、洛夫、徐志摩、余光中、席慕蓉、叶芝

这些诗人忍不住痛把我叫醒

凌晨二时梦醒的我

确是笨拙

开心地拥你入怀

醒来的现实

拥抱着一捆衣服七八本诗集入梦

——《爱是海洋》

　　王晓波的诗有着思想的张力。生活中大多数的阴霾归咎于我们挡住了自己的阳光，而冷静的独立思考的能力、奥卡姆剃刀般把握事物的方式、特立独行于人世间的勇气、平和却不平庸的生活态度，都会给我们力量和智慧，让我们拨云见日，找到方向，不迷失，不彷徨。王晓波的诗歌在对人生的思考和感悟上也让我感触良多，给我很多的启发，即使是爱情诗。

恒久常新，天荒地老的
绝对不会是物质。庆幸找到了
远道而来的爱情
冬季漫长而寒冷
如一对蚂蚁抑或蝴蝶
阳光下温暖着彼此的温暖

爱情是一个海枯石烂的话题
世界即使颠倒，日夜反转
我和你的希望会是一个样
爱情是怎样一个支点
让我们快乐地
望着远方，活下去
即使天崩地裂、墙倒屋塌
我愿意穿过银河去看你

——《穿过银河去看你》

爱情是什么，是阳光下温暖着彼此的温暖，是生命中支撑彼此活下去的支点，为此，即使天崩地裂，"我愿意穿过银河去看你"。

爱是什么，我为什么爱你，王晓波告诉你《爱是一种方程式》：

爱是一种生活

你体验生存的感受

有着，存在着我的感受

你看待世界的眼睛

跟我是那么相似

几乎接近一致

我爱你

因为你让我感觉到

在这个世界上

还有跟我相似的灵魂

爱你的真正原因

最深层面上共享着生命感

爱你的方式

可是你希望的方式

爱是一种方程式

我喜欢《穿透黑地的寂寥》的疼痛、深沉中的明艳，《桃花源寄诗》深厚、恣肆又内敛，《守望幸福》先知般地告诉人们"感受苦难的同时/微风中/让我们　坐下来/让我们一路/静听花开……"，困

乏的旅程中，世界从来都正美丽着、生动着，只是这种美好被忙着
赶路的旅人视而不见。

诗集总共分为三辑，最后一辑是"点亮一盏明灯"，在此，王晓
波对于生命的思考、爱的领悟更深刻熨帖。同题诗《点亮一盏明灯》
撩拨起我心中的涟漪：

终有一天　我们远离尘世

天空漫游的天使

能聆听到　读者朗诵

写给你的那一首首诗歌

百年之后　那些诗句还伴着体温

栖息着一段段无瑕的情感

我们与一首首诗歌相拥在一起

没有哪一种风霜

能够吹熄爱情这一盏灯火

是啊，没有哪一种风霜，能够吹熄爱情这一盏灯火。这爱情是
对爱人、对生活、对世界深情的回馈，只是越是深沉，越是克制、
理性、内敛。相信爱情，守望爱情，恰是一种对待生命和生活正确
的态度，在浮躁喧嚣的人世间如荒漠中的甘泉，使人们的心田清冽
甘甜。

写到最后，王晓波的诗歌还在心中激荡：

希望我爱的人终生温暖

希望爱我的人满脸欢愉

时光锋利，我如厚钟撞而

无语。只言安怡不言殇

——《冷暖自知》

袁　逯

2017 年 10 月 12 日于扬州

（袁逯：诗人、学者，现供职于国家税务总局干部学院）

遍山满岭的梅花和荷香

——评王晓波的爱情诗

2017 年是新诗诞生一百周年，在这一百年间，人们对新诗的讨论从未间断。白话诗作为打破传统格律的新形式出现，开创了社会新风气。新诗需不需要押韵？新诗如何吸收旧体诗的美学观？新诗如何借鉴西方的现代主义创作手法？人们至今仍在思考和讨论这些问题。当我读到王晓波的爱情诗时，不禁豁然开朗。在他描写现代人的爱情诗歌中充满了悠悠的古典韵味。这在一定程度上反映了新诗在继承和发扬古典诗歌的优良传统后，可以绽放出绚丽的光彩。

王晓波爱情诗的中心意象是花朵和美人。一方面，他眼中的美人是一朵朵娇柔羞涩的花朵；另一方面，他眼中的花朵又是一个个倾城倾国的美人。虽然将美人比喻成花朵、将花朵比喻成美人在中外写作技巧上较为简单和老套，但王晓波赋予了其中国特色，如以梅花和荷花来形容美人。中国诗人自古以来盛赞梅花和荷花。梅花不畏风霜和雨雪的高贵品质，令诗人赞不绝口。如南宋陆游有多首咏梅诗词："幽谷那堪更北枝，年年自分着花迟。高标逸韵君知否，正是层冰积雪时。"（《梅花绝句·之二》）冰雪覆盖梅花，彰显梅花的仙逸韵姿。陆游最欣赏的是梅花不屈服于寒风酷雪的高坚气节："雪虐风号愈凛然，花中气节最高坚。过时自会飘零去，耻向东君更乞怜。"（《梅花绝句·之三》）以及梅花不怕妒忌和摧毁的高洁性格："无意苦争春，一任群芳妒。零落成泥碾作尘，只有香如故。"（《卜算子·咏梅》）李清照亦曾赞美梅花非群花可以相比："共赏金樽沉绿蚁，莫辞醉，此花不与群花比。"（《渔家傲》）。荷花亦以品德取胜，北宋周敦颐在《爱莲说》中赞扬荷花："出淤泥而不染，濯清涟而不妖。"荷花的美姿同样吸引人，不少诗人喜欢将荷花与古代美女甄宓（洛神）、文君、西施等相提并论。如隋代辛德源《芙蓉花》："洛神挺凝素，文君拂艳红。丽质徒相比，鲜彩两难同。光临照波日，香随出岸风。涉江良自远，讬意在无穷。"又如晚唐皮日休《咏白莲》："细嗅深看暗断肠，从今无意爱红芳。折来只合琼为客，把种应须玉甃塘。向日但疑酥滴水，含风浑讶雪生香。吴王台下开多少，遥似西施上素妆。"将白荷比喻为素妆的西施，美丽动人。古人吟诵梅花和荷花形神兼备，王晓波沿用梅花和荷花这些传统的美好意象，甚至比古人更痴情，以真挚而炽烈的爱情灌溉意象。于是他的爱情诗突破了传统，花朵和美人融为一体，美人似花，花似美人；情为花开，爱为人长。诗歌感情浓厚、意境优美，充满了古典的中国味，耐人咀嚼。

试看他的《我叫你梅或者荷》：

无须太多　期盼相逢
纵使千里独行跨万水越千山
纵然旅途　千里封冰万里雪飘　盼只盼
遇见一名叫梅或者荷的女子

无须太多　企盼相逢

不惧畏独行千里险阻满途

不畏惧万里无路　觅前路

心中有光　定能看见光亮　盼只盼

遇见一名叫梅或者荷的女子

她有梅的不畏苦寒　有荷般高洁清芳

《我叫你梅或者荷》表达了作者理想中的爱情对象，是一名叫梅或者荷的女子。她既有梅的不畏苦寒，又有荷般高洁的清芳。这在现实中几乎不可求，虽然现实与理想存在一定的差距，但王晓波从来没有放弃这种向往。他在不少诗作中反复吟诵梅花和荷花，达到了近于痴迷的状态。如《谁能及这青梅竹马》的第二节：

你的发梢有七彩的虹

你的面容如百花中含苞的荷

你走过的小道青梅正飘香

此刻　竹竿为马　钻木取火

渔猎　扬穗　生生不息

又如《梅花的讯息》：

铺天盖地的寒　彻骨的冷

还有冰封大地三尺的雪

可你却绽放了　绽放得不畏风霜
送来一段香　逸自你的苦寒

某月某天我凝望你
分明看见一朵梅
在你眉宇间绽放春天的
讯息

　　人生的每个阶段对爱情的理解并不一样。王晓波在三十岁结婚，人近中年，爱情诗的产量甚丰。他抒写的不是一般少男少女的爱情，不是写给具体的某一个人，而是对理想爱情的构建。这种理想主义的爱情观是诗人历经年华的洗礼，对感情的体会和理解的加深，诗人在诗作中寄托了美好的情思。反观当代诗坛，现代人将爱情诗视为身体书写，热衷于描写下半身欲望的抒发，宣泄感情，近乎赤裸。像余秀华《穿过大半个中国去睡你》，"睡你"一词是那么粗俗，丝毫不能引起审美意识上的愉悦。在王晓波的爱情诗里，我们找不到女性身体和情色的描写。他眷恋梅花和荷花，是如此高雅洁净，仿佛与这个哗众取宠、物欲横流的时代脱节。这是多么难得的超凡脱俗！王晓波以他高雅洁净的爱情观，超越了世俗的身体描写，超越了性爱，是爱情诗作家群中的一股清流，净化了当今的诗坛。
　　王晓波对爱情的参悟，来源于他的世界观，那是带有浓厚禅意的，是化不开的前世今生的情意结，更是三生三世的守候。在跨越时空的感悟中，他相信爱情，歌颂爱情，在他笔下的爱情是那么纯真、美好。如《相信爱情》的第二节：

佛说缘定前生　几多前尘往事

几回人闲桂花落

千百次凝眸换来今生的擦肩

浮生多变

别问　别再问

今生相遇是缘是劫

　　诗人的创作可以反映出他对传统文化的吸收程度。王晓波热爱古典文化并深受其影响，在思想意识里积淀古典文化的精华。他在大学攻读法律专业，毕业后做公务员，好像学习和工作与诗歌无关，但他天生是一位诗人！他的诗歌完全抛弃了严密的逻辑思维，充满深厚的文化底蕴、典型的中国意象和优美的意境，这些都证明了他是一位根植于传统文化的诗人，一位饱读诗书、文质彬彬的才子。他的《传说》化用了《石头记》和梁祝化蝶的故事，尽显浪漫。在端午节，他赋诗缅怀屈原。他从南山归来，采摘了满口袋的蝉鸣和幸福。他本身就是一首诗！过着何其幸福而简单的美满生活。

　　综观王晓波的爱情诗，清绮秀美，既像荷花出淤泥而不染，又像梅花清香传万里；既有对理想爱情的浪漫追求，也有对平凡现实的真实反映。在现实中，他也是普通人，过着平凡的生活。《平常心》叙述了他和妻子像蚂蚁生活得卑微，却在爱里滋养和成长。这是相濡以沫的爱情，平凡却非常感动人。他的诗句优雅美丽，如《烟雨西樵山》："一池荷花/洁/白/着/爱情的芬芳"。又如《点亮一盏明灯》："百年之后　那些诗句还伴着体温/栖息着一段段无瑕的情

感/我们与一首首诗歌相拥在一起/没有哪一种风霜/能够吹熄爱情这
一盏灯火"。有时他直接化用古人的诗句，如《相信爱情》："在空
山新雨后几度怅望"和"几回人闲桂花落"。古今诗坛皆出现借用古
人诗句的现象，但要创造性地使用还是有一定的难度。北宋晏几道
将晚唐翁宏的《春残》中的两句"落花人独立，微雨燕双飞"融入
其词《临江仙》，述说对小苹的思念之情，成了清代谭献称誉"千古
不能有二"的名句。又如毛泽东《人民解放军占领南京》的结尾两
句："天若有情天亦老，人间正道是沧桑。"语出唐代李贺《金铜仙
人辞汉歌》"衰兰送客咸阳道，天若有情天亦老"，亦为成功一例。
希望王晓波更上一层楼，在化用古人诗句、增添诗歌的韵味之余，
努力创造出自己的名句。

　　王晓波在爱情诗方面不懈探索，创作诗歌体小说《给爱情插上
翅膀》，诗歌充满小说情节，扩大和深化了诗歌的内容，引起了读者
的兴趣。可见他在继承传统文化的同时进行了大胆的创新。希望他
继续努力探索，将传统和创新改革完美结合，从而形成自己独特的
风格，为新诗的发展做出更大的贡献。

周　瀚

2017 年 3 月 7 日于香港

（周瀚：暨南大学学士，纽卡斯尔大学硕士，中山大学文学博
士。香港作家联会会员，《香港诗人》副主编，香港诗人联盟副社
长。曾获世界华文诗歌大赛等奖项。著有诗集《灵魂，在阳光中飞
舞》、合著诗集《香港十诗侣》）

因为诗人，我们相信爱情

《骑着月亮飞行》是诗人王晓波即将出版的爱情诗选集。一看到诗集题目，我就被吸引住了，"月亮"和"爱情"，在中国文化传统中是一个古老的主题，诗人如何从民族的旧章里开启新时代的爱情诗篇？

我们知道，在这个时代，人们已不太相信爱情，诗人们也不大敢轻易抒写爱情，爱情既已被商品和市场洗劫，又有谁会相信？爱情既已被技术和权利奴役，又有谁敢相信？在没有爱情的时代抒写爱情，难免成为心灵鸡汤，让喝汤的人暂时被麻醉，而醒后却要面对无尽的失落与惆怅。是的，我的描述或许看来是消极和绝望的，似乎时代已归于晦暗和沉落，没有了希望和未来。然而，我们不要忘记，真正的诗人是不惮于去书写深渊中的光明，去唤出绝望中的希望的。哪里有危机，哪里就有拯救。诗人，真正的诗人，就是拯救者。

从这个维度上来说，我们就可以理解王晓波爱情写作的意义。在物质化的时代，诗人保藏着精神；在干涸的土地上，诗人灌溉着生命的种子。爱情是神赐予人的生命象征，爱情是人走向神的救赎路程。拒绝爱情的稀薄化与被遗忘，诗人就是要唤起人心朝向神灵的希望。凡人的爱情里，都播撒着诗歌的种子，每一对恋人的相守、凝望与认同，都是神灵赐福的见证。爱情就是超凡脱俗的价值与意义的确认，就是神圣临在的证明。

"所谓伊人，在水一方。溯洄从之，道阻且长。溯游从之，宛在水中央。"那神圣的等待，总在远方，那远方希望的到来，总得从当下出发。谁能摒弃脚下的路而获得远方，诗人王晓波就在抒写此在的生活中让远方到来。"谁家今夜扁州子，何处相思明月楼"，"明月几时有，把酒问青天"，"但愿人长久，千里共婵娟"，古时诗人寄深情于明月，古时恋人寄相思于明月，期望月老能将跨越千山万水的恋人的情缘予以见证和牵系，指天地而为誓，相约于黄昏月下，他们相信爱情能够穿越时空，能够进入永恒，诗人王晓波骑着月亮飞行，就是在一个明月精神破碎的现代世界重新开启月亮里所指向的中国古典爱情。

由此可见，诗人王晓波就是承续了这华夏古老的爱之精神，重新激活了华夏文化的明月精神。或许，没有哪一个民族能像华夏民族寄予明月如此多的美丽情愫。王晓波的诗，不只是简单地写出了全世界爱之信念，还借着具有丰富中国历史文化内涵的月亮以及月亮的柔和光芒照耀中的中国人所想象的宇宙和精神图景，建构起了当代中国诗人的信仰，即中国哲人的信仰。"傍日月，挟宇宙，游乎尘垢"，诗人就是人间的爱之使徒，就是伟大的传道者。每一个中国爱情诗人，都是庄子精神的传人，也是屈子精神的守望者。当代中国诗人王晓波就以"骑着月亮飞行"的奇特书写和奇特命名，展现出中国的诗人之爱，也是那跨越时空的哲人之爱、圣徒之爱。诗人领悟了，只有爱的超越才能拯救爱的沉沦。

于是，承续古老华夏的爱之道，乘天地之正以游弋于日常人间，王晓波的诗就是有大气象的。我们看这部新诗集的卷一被命名为"狮子座流星雨"，卷二被命名为"穿过银河去看你"，卷三被命名为"点亮一盏明灯"，即从人间之小爱逐步过渡为宇宙之大爱。读王晓波爱情诗的人，似乎也看到了自己在花海里，在高山上仰望苍穹的流星雨，他们经过亿万斯年，穿越浩瀚宇宙，也要去如约相会。在当代，在未来，爱情并没有陨落，爱情并没有被遗忘，那是因为有诗人为平庸的世界点亮了一盏爱情的明灯，照亮了晦暗的夜，人类因为有了爱情，而后有了希望，有了光明！当代中国诗人抒写的爱情，为当代世界爱情文学注入了厚重的中国精神元素。

相信诗人，就是相信爱情。阅读中国诗人的爱情诗篇，就是开始一次独具东方韵味的爱情洗礼。请跟随诗人的脚步前行，请用当代中国诗人的诗笔去描绘你的灵性路程，你的人生就终会有星辰照耀，你的未来就会一路光明！

何光顺

2017 年 9 月 29 日于广外碧溪水畔

（何光顺：诗评家，文学博士，广东外语外贸大学中国语言文化学院教授、硕士研究生导师）

后 记

梦想开花的树

　　如果生命是一张弓，那么梦想就是弦，爱情则是拉动弓弦的一种力量。

　　我们为什么而生活？诺贝尔文学奖得主，英国哲学巨匠伯特兰·罗素（1872—1970）的论述尤为精辟："三种单纯然而极其强烈的激情支配着我的一生，那就是对于爱情的渴望，对于知识的寻求，以及对于人类苦难痛彻肺腑的怜悯。"

　　在这里，我沿着罗素关于"爱情"的论述漫步和漫笔。罗素说："我追求爱情，首先因为它叫我销魂，爱情令人销魂的魅力使我常常乐意为了几小时这样的快乐而牺牲生活中的其他一切。我追求爱情，又因为它减轻孤独感——那种一个颤抖的灵魂望着世界边缘之外冰冷而无生命的无底深渊时所感到的可怕的孤独。"匈牙利诗人裴多菲说："生命诚可贵，爱情价更高。"爱情，可歌可泣；爱情，亦体现生存的价值。梁山伯与祝英台感人肺腑的爱情传说，千百年不朽。梁山伯与祝英台已成了爱的化身。梁祝二人的名字将伴随他们的爱情在华夏了孙生活的地方永远繁衍流传下去。异邦的罗密欧与朱丽叶的爱情亦将永远感动着人们。爱情是一个永恒的常说常新的话题。纯真的爱情，惊天地。孟姜女寻夫哭倒长城的传说，在我们幼小尚未懂得爱为何物时，便震撼了我们的心灵。情若无花，不结果。悲怆的爱情，虽没有完美的结局，但无疑是最美丽的。让我们一起欣赏女诗人席慕蓉的一首爱情诗《一棵开花的树》：

如何让你遇见我／在我最美丽的时刻 为这／我已在佛前 求了五百年／求它让我们结一段尘缘／／佛于是把我化作一棵树／长在你必经的路旁／阳光下慎重地开满了花／朵朵都是我前世的盼望／／当你走近 请你细听／颤抖的叶是我等待的热情／而你终于无视地走过／在你身后落了一地的／朋友啊 那不是花瓣／是我凋零的心

诗歌把情意寄寓在意象——一棵开花的树上。是向佛求了五百年，才化作的一棵树，"慎重地开满了花"，花是爱的象征，"朵朵都是我前世的盼望"，心中的爱是何等的热烈和挚诚。爱得那么真挚，只为让你看见，"你终于无视地走过"，"在你身后落了一地的"，"是我凋零的心"。凋零的花是没有结果的爱，诗意构成了令人陶醉的艺术美。

幸福和快乐是一种纯粹的心灵感受，更是人生旅程跋涉中的一种油然而生的情感。

每个人对事物的认识，有所不同。同一个人，不同时期对事物的认识亦有所不同。小时候，我不愿多看《梁祝》故事和电影，是我盼望完美，害怕破碎。现在，西崎崇子的小提琴协奏曲《梁祝》，却是我最喜爱的CD。当夜幕降临，当繁忙的一天已成过去，我常倚窗望夜空，聆听《梁祝》。人的一生大多是平淡的，我们常在无意或无聊中虚掷时光。《梁祝》虽是悲怆，但其悠扬而亢奋的音乐，却可洗去一身的疲惫，使人燃起人生灿烂的盼望。《无尽的爱——聆听〈梁祝〉》是我对音乐，对爱情的一种新的认识，亦是我与罗素论爱情的一种共鸣：

杨柳依

落霞飞

断桥相送不忍离

山伯啊

此去别离　何日逢

英台心结成恨史

乐韵扬 情丝长

千年爱情

随琴乐翻飞

鼓声擂　声声唤

沉思中抬首

却见那双可怜人

花间化蝶

将凄婉谱成琴韵

聆听中　一片嘘唏

"我追求爱情，还因为爱的结合使我在一种神秘的缩影中提前看到了圣者和诗人曾经想象过的天堂。这就是我所追求的，尽管人的生活似乎还不配享有它，但它毕竟是我终于找到的东西。"不朽的爱情是人们向往的。正因为常人难拥有真挚的爱情，所以"梁祝"的传说才会千古不衰。罗素的爱情是否完美如愿有待史学家去考证。但他希望拥有爱情的人生观无疑是让人称道的。

希望是需要想象和勇气的。近年来，我写了一些爱情诗，这些爱情诗的取材范围较为广泛，例如《给爱情插上翅膀》《爱是海洋》是以第一人称写成的诗歌体小说，这是我个人在诗歌表现手法方面做出的新的尝试。《骑着月亮飞行》收录了爱情诗歌一百首，这是我的第三本个人诗集，诗集主题突显爱情在人生中的意义，探究爱情诗歌表述的维度。在这些诗歌当中，我倾注了大量的情感和心血。

文学是语言文字的艺术，文学除了拥有外在的、实用的、功利的价值，更为重要的是文学还拥有内在的、看似无用的却超越功利的精神性价值。文学的精神性价值是其自身最为内在的、基本的价值，它有用语言文字开拓无言之境的神奇作用。就我个人而言，《骑着月亮飞行》是一次诗歌建设，我在个人的诗歌创作道路上，积极实现自己的诗歌美学观念主张，就如何重塑诗歌的人文精神，积极探索属于自己的诗歌路子。《骑着月亮飞行》突出了以爱情诗歌为写作文本，让诗歌回归个人的日常生活，让诗歌回到诗歌本身，让诗歌更加有诗意。

无论是远古的《诗经·关雎》，还是现代诗《致橡树》，好的爱情诗篇使人过目难忘，洋溢着一种天荒地老情不变的情怀。文学作品有用语言文字开拓无言之境的神奇作用，好的文艺作品能够鼓舞人心。理想的诗歌，是感情和哲理的化合，有了哲理，诗的"重量"

就会大大增加。《骑着月亮飞行》就感情和哲理的化合进行了诗歌意境的阐述。

爱情诗篇，总向读者传递着一份温馨。如南宋大诗人辛弃疾《青玉案·元夕》一诗，既描绘了当时京都元宵节的繁华熙攘，花灯满城，游人如鲫的盛景，更写出了男女恋人们渴望爱情的生动情景，可谓千古绝唱。摩肩接踵的人流中，乍现梦中恋人的情影，诗人将它定格为一幅动静相宜的、绝妙的诗画，确是令人怦然心动、叹为观止：

东风夜放花千树。

更吹落、星如雨。

宝马雕车香满路。

凤箫声动，玉壶光转，一夜鱼龙舞。

蛾儿雪柳黄金缕。

笑语盈盈暗香去。

众里寻他千百度。

蓦然回首，那人却在，灯火阑珊处。

灯火璀璨，闹中静处，眉目传情，释放的那是爱的音讯。

"相见时难，别亦难。"春天播种，秋天未必有收获。在封建社会里，男女恋爱是难能自由的。北宋古文运动的倡导者和领袖欧阳修《生查子·元夕》一诗，又是一首以元宵节为题材的爱情"绝唱"，该诗描写了男女追求恋爱自由，结局却缠绵悱恻的慨然情景：

去年元夜时，花市灯如昼。

月上柳梢头，人约黄昏后。

今年元夜时，月与灯依旧。

不见去年人，泪湿春衫袖。

阅读的过程，是读者分享作者作品的喜悦和哀愁的过程。

诗歌有着以美启真，以美储善的作用。我的一首爱情短诗《沉香》，叙说了爱情的神奇力量，诗歌的意境使爱情在心灵中可以天荒地老：

你喊一句　桃花便开始

飘零　水流湍急

轻舟已远

相见恨太晚

茶香已冷　雨线缥缈

此刻　再喊一句

夕阳已西下

何时重逢赋诗暖香

相聚或许是在天涯

你如沉香袅袅在心海

"你"的爱情言语充满了"魔力"，"你"喊一句——桃花便开始飘零；再喊一句——夕阳便能迅速"西下"。这是对爱情神力的一种诗化表述。说到这里，又回到《骑着月亮飞行》诗集上，这本爱情诗集凝聚了我对生活、对人生的思考，及对美好未来的渴望，更多的是表达了我对一种理想爱情的向往。美国著名作家、哲学家梭罗曾经说过："万物尊重虔诚的心灵。只要你对某事如痴如醉，心向往之，便没有什么东西可以扰乱你的内心。"生活会如此，诗歌也一样，内心有了固守和坚持，就会像郁郁葱葱的植物，向阳而生，有灵性，有力量。我深信，读者阅读《骑着月亮飞行》时，能感受到，来自远古及当下现实的纯粹爱念，诗集能为读者传递爱情至上的勇气。

《骑着月亮飞行》的出版得到了当今诗坛诸多名家的关怀和帮助。2017 年 9 月，我将《骑着月亮飞行》书稿通过微信发给远在台北市年届九十高寿的诗歌界泰斗洛夫老师，请他审阅，并征询和邀请他做本诗集的阅读推荐名家。洛夫不但是诗歌界的泰斗，还是当今著名的书法名家。9 月 23 日傍晚五时许，洛老给我回信说他为《骑着月亮飞行》题写了书名并准备用微信将书名照片发给我，他说："晓波，书名已写好，但发不过去，不知为何？洛老。"我想也许可能是洛老上了年纪，不太熟悉在微信上发送照片，我便在微信上说："衷心感谢洛老！用手机拍照后，在微信上发来即可，或者请师母芳姨帮忙转发，看看是否能发过来。"令我深感意外和分外感动的是，9 月 24 日上午，当我打开微信时，我看到洛夫老师于 24 日凌晨 1：19 发来的三幅书名题字，我拿着手机感动得几乎不敢相信这个"奇迹"——九十岁高寿的诗歌界泰斗洛夫老师凌晨 1：19 亲自为我发送诗集题签。现在读者阅读诗集，可欣赏洛老的横竖二幅书名题字，这是使人心存温暖的仁厚笔迹。

著名诗人、诗评家叶延滨、吴思敬、陈卫、杨庆祥、张德明、陈爱中等为诗集进行了阅读推荐；还有袁遐、周瀚、何光顺等诗友为诗集写了诗评文章；诗集的出版发行得到了暨南大学出版社人文分社杜小陆副社长的帮助和支持。其中，著名诗人、编辑家，中国作家协会诗歌委员会主任、原《诗刊》杂志主编叶延滨老师对诗集的出版给予了充分的肯定，他的推荐语："王晓波的爱情诗歌，充满了真挚、诚恳的热爱生命的内心歌唱。他的诗歌语言朴素、准确，对感情的传达充满了动感。许多诗歌的内涵深沉丰富，耐人寻味，具有清新、美丽、迷人的意境。字里行间透出了对生活、对人生的思考，以及对美好未来的渴望，意境唯美。读他的爱情诗歌，如与青春为伴，身处思索、力量和美感的彼岸。"这是长辈对我这名晚辈的关爱、肯定和勉励。

著名诗歌理论家、首都师范大学文学院博导、中国诗歌研究中心副主任、《诗探索》主编、中国当代文学研究会副会长、中国诗歌学会副会长吴思敬教授指出："王晓波写了一系列的爱情诗：《相信爱情》《我叫你梅或者荷》《沉香》《谁能及这青梅竹马》《听雪》《传说》等。这些爱情诗与其说表现了他对一位心仪的女子的钟情，不如说表现了他对一种理想爱情的向往。王晓波心中鼓荡的爱不只是给亲人，也投向周围的世界，投向大自然。爱是王晓波创造诗美的驱动力量。"吴思敬老师的精辟点评和分析，使我看清了前进的道路并坚信前进的方向。

著名青年文艺批评家、诗人，中国作家协会诗歌委员会委员，茅盾文学奖评委杨庆祥博士在阅读诗集后，为诗集进行了推荐，他说："王晓波以爱情诗为主要创作题材，在当下诗歌写作格局中独树一帜。他的爱情诗更像是心愿之作，真诚、朴素，饱含对世界和他者的理解与同情，他以同理之心感受万事万物，如此万事有情、万物有爱。王晓波由此建构了自己的诗歌世界，并和那些伟大的传统联系在一起。"这是比我更为年轻的著名青年文艺批评家、诗人，对我爱情诗歌创作的整体综合评价和肯定。

　　荷兰莱顿大学亚洲文学研究所访问学者，文学博士，哈尔滨师范大学文学院教授、博士生导师陈爱中说："《骑着月亮飞行》是王晓波的近作，一部爱情诗集。诗人能够在众多歌咏爱情的诗篇中，确定个性化的写法，用轻倩而意境深远的诗歌架构来表达爱情经验，并以之很好地消除中西爱情诗丰沛的资源带来的'影响的焦虑'，老树新枝，用熟悉的题材写出陌生化的美学样式。能够在日常絮语中蕴含细腻而致密的情愫，于世俗烟火中让情感升华，在大自然寻常物象中彰显优卓的想象，并形成了专属的意象群落。"

　　著名诗评家，文学博士，福建师范大学陈卫教授说："人到中年，沧桑之酒免不了品了再品。有些动情的场面似乎已经离我们远去。爱情，逐渐成为中年人自觉回避的话题。虽然在奔波劳作之余，沉沉的心灵偶尔还会闪过靓丽的爱情，只是觉得它仿佛成了一个梦：我们是活在爱情的梦里，还是已经把梦遗忘在爱情里？王晓波还保留着一份少年春心，以清丽的文字、温情的描写，把有着柔软触角的爱情保留在诗篇中。那些雪中的期待，那些风中的呼喊，那些跟陶瓷一同烧铸的情话，那些穿越海天的幸福感，久旱的中年人读后，像于荒蛮的沙漠中意外获得一汪清泉，于空空的园子中发现一丛茂盛的玫瑰，日渐感觉衰老的身心，缓缓复苏，青春还来。"

著名诗人，评论家，岭南师范学院文学院教授，南方诗歌研究中心主任张德明博士对我近年的爱情诗创作，给予了充分肯定："在王晓波的爱情诗里，我们能频频触摸爱意的温暖，频频听闻情语的缱绻，但诸多爱意情语并非陈腐过时的古典话语的简单翻版，而是氤氲着现代色调和当代气息的意绪的生命折光。可以说，在当下异常繁多的爱情书写中，王晓波的爱情诗显示出与众不同的独特诗学品质，占据着不可替代的审美位置。"

在这里，我详细表述了几位老师对我爱情诗歌创作的评论和推介，一来是分享老师们的评价；二来是聚焦名家的观点，剖析自己创作的得失，寻求如何推翻以往的自己，寻找和开拓属于自己的写作新路。

诗集的出版凝聚了我的心血，更凝聚了海峡两岸诗歌名家对我的关心、爱护和支持，在此，我再次深表敬意，可谓是没有你们、没有亲友们的帮助和鼓励，便不会有本诗集的面世。诗集的出版，也是让我告别以往的自己，踏上新的征途的起点。

我为什么要创作和出版爱情诗集《骑着月亮飞行》？生活是一种艺术。生命就如那燃烧的蜡烛，既有辉煌的一刻，也有灰飞烟灭的时候。生活又是一种存在的现实。人生在世时，应努力工作，创造幸福，享受幸福，并且让它留在世上，让后人亦能享受。幸福是一种纯粹的心灵感受。诗歌是渲染着情感的文字，诗歌是关于心灵的一种艺术，是需要心灵的感触，才能使读者与作者产生共鸣的一种艺术。阅读诗歌是一种幸福，创作诗歌同样是一种幸福，诗歌为幸福插上了翅膀。

幸福，究竟是什么呢？我想，她也许是那河汉璀璨的星斗！或者说，她就是冬天里温暖我们心中的一股暖流！是为后记。

王晓波

2017 年 12 月 23 日于中山